DISNEY · PIXAR

迪士尼
經典電影故事集

① 1

新雅文化事業有限公司
www.sunya.com.hk

迪士尼經典電影故事集 1

翻　　　譯：羅睿琪
責任編輯：趙慧雅
美術設計：何宙樺
出　　　版：新雅文化事業有限公司
　　　　　　香港英皇道 499 號北角工業大廈 18 樓
　　　　　　電話：(852) 2138 7998
　　　　　　傳真：(852) 2597 4003
　　　　　　網址：http://www.sunya.com.hk
　　　　　　電郵：marketing@sunya.com.hk
發　　　行：香港聯合書刊物流有限公司
　　　　　　香港新界大埔汀麗路 36 號中華商務印刷大廈 3 字樓
　　　　　　電話：(852) 2150 2100
　　　　　　傳真：(852) 2407 3062
　　　　　　電郵：info@suplogistics.com.hk
印　　　刷：中華商務安全印務有限公司
　　　　　　香港新界大埔汀麗路 36 號
版　　　次：二〇一七年九月初版
　　　　　　二〇一八年六月第二次印刷

目錄

反斗奇兵

安仔是一個擁有無窮想像力的小男孩。他喜歡和玩具一起玩耍。他最愛的玩具，就是扯線牛仔玩偶胡迪警長。不過有一件事安仔並不知道，那就是當他不在場的時候，他的玩具就會活過來，會動、會跳、會說話！

有一天，胡迪召集所有玩具舉行會議。原來安仔快要搬家了，胡迪希望確保大家都準備妥當，以免遺留任何一件玩具。

　　胡迪還有另一個消息要宣布。他說：「安仔的生日派對改為今天舉行！」

　　所有玩具都憂心忡忡，因為舉行生日派對就意味着有新的玩具出現。要是安仔喜歡他的新玩具多於自己，那要怎麼辦才好？

　　胡迪派出綠色士兵到樓下，幫他們查探一下安仔收到什麼禮物。就在安仔打開最後一份禮物時，他們的無線電通信中斷了。

　　胡迪和其他玩具馬上陷入恐慌。到底安仔收到什麼禮物呢？

　　突然，安仔和他的朋友衝進睡房。他們在安仔的睡牀上，胡迪
專用的位置放下了一個神秘的新玩具，然後就跑出房外去了！

　　胡迪小心翼翼地爬上睡牀，與那個新玩具見面。

　　「我是太空戰士，巴斯光年。」新玩具說。胡迪嘗試告訴巴斯
他只是一個玩具，但巴斯不肯相信胡迪。他認為自己是個真正的太
空戰士。巴斯更認為自己會飛！他從一個皮球上跳起，高聲叫道：
「太空戰士，一飛衝天！」

　　胡迪翻了翻白眼。「那只是花式降落。」他說。不過其他玩具
都很佩服巴斯。巴斯大受歡迎！

　　最讓胡迪意想不到的，是安仔上牀睡覺時竟帶着巴斯，而不
是自己！胡迪感到難以置信！他心想：「難道安仔不再喜愛自己了
嗎？」

一天傍晚，安仔的媽媽提議到薄餅星球吃飯。她告訴安仔，他可以帶一件玩具一起去。胡迪很想被安仔選中，於是他嘗試把巴斯撞落到桌子後面，一處安仔看不見的地方。可是這個太空戰士卻掉出窗外去。胡迪向其他玩具解釋，說那是一場意外，但其他玩具都不肯相信他。

突然，安仔衝進房間裏。他找不到巴斯，便決定帶胡迪出門。

胡迪和安仔登上汽車時，一個身影從樹叢中冒出來。原來是巴斯！他跳上了汽車的防撞桿，而安仔的媽媽正好要開車了。

安仔的媽媽在油站停下來，此時巴斯跳進胡迪身處的後座，跟胡迪扭打成一團，還滾出了車外。當他們還在打架的時候，安仔的媽媽駕車離開了，把他們留在油站！

幸好，胡迪看見一輛薄餅星球的貨車，說：「快上貨車！它可以帶我們回到安仔身邊！」於是胡迪和巴斯一起跳進車裏。

來到薄餅星球，胡迪馬上發現了安仔。不過巴斯卻看見了太空船夾娃娃遊戲機。他以為那是一艘真正的太空船，可以帶他回家。這個太空戰士便爬進遊戲機裏去。

胡迪知道自己必須帶巴斯回去，於是他跟着巴斯爬進了遊戲機。不過胡迪還沒來得及說服這個太空戰士跟他一起回家，他們便被遊戲機的夾子夾起來了。糟糕！

是安仔的鄰居阿薛！他抓住了胡迪和巴斯！

阿薛帶着這兩件玩具回家，放進自己的睡房裏。睡房裏漆黑一片，令人毛骨悚然。而在房間的每一角落，都躲藏着各種詭異玩具。這些玩具都是阿薛用各種玩具零件混合改裝而成的。胡迪和巴斯被嚇得跑出客廳。「嘭」的一聲，他們撞上了阿薛的寵物犬阿德。

胡迪和巴斯立即逃亡，東奔西竄。結果二人都跟對方失散了。

巴斯看見一道門縫，正想窺探究竟之際，他聽見一把聲音說：
「巴斯光年！巴斯光年！這裏是星際總部，請回答。」

原來電視上正播放宣傳巴斯光年玩具的廣告。巴斯深受打擊。

「這是真的嗎？」他喃喃自語，「我真的是⋯⋯一個玩具？」

巴斯急於證明自己是個貨真價實的太空戰士，他嘗試飛起來，
但最終卻撞向地面，折斷了一條手臂。

　　此時，胡迪找到了意志消沉的巴斯。「巴斯，看着我！」然而巴斯繼續垂頭喪氣地說：「我……我原來甚至無法飛出窗外。」

　　巴斯的話令胡迪靈機一觸。他望出阿薛家的窗外，呼叫在安仔家中的玩具朋友。不過當他們看見胡迪拿着巴斯的斷臂，他們便以為胡迪傷害了巴斯。

　　就在此時，那些改裝過的玩具突然從後搶走了巴斯的斷臂。胡迪以為他們想要傷害這個太空戰士，卻發現原來那些玩具是想把巴斯修理好。

「新玩具，我來了！」阿薛邊說邊衝進房間裏。他一手抓住巴斯，將一支火箭綁在他的背後。「嘿嘿！我一直想將太空戰士送上太空。明天我就把你射上軌道吧！」他哈哈大笑着說。阿薛準備明天一早，便點燃發射巴斯的火箭！

胡迪心急如焚，他嘗試拯救巴斯，但巴斯實在太難過了，難過得無心理會火箭的事情。「牛仔，你說得對。」他歎息着對胡迪說，「我只是一件玩具，一件玩具而已。」

胡迪嘗試令巴斯振作起來。「你看那邊，那間房子裏有一個小男孩，他認為你是最厲害的。不是因為你是個太空戰士，而是因為你是一件玩具，一件他最心愛的玩具。」

巴斯明白胡迪的意思。胡迪說得沒錯，當一件玩具的確是很重要的。巴斯終於清醒了，他知道得找個方法回到安仔身邊。

胡迪想出了一個計劃，不過他需要阿薛的改裝玩具幫忙。「我們需要打破一些規則。」胡迪對他們說，「不過如果計劃奏效，它會幫助到每一件玩具。」

第二天早上，當阿薛準備點燃巴斯的火箭時，改裝玩具便按照計劃行動。他們一個接一個活過來，包圍住阿薛。最後，輪到胡迪出場了。他坐直身子，警告阿薛要友善地跟他的玩具玩耍——否則後果自負！

「知道了！知道了！」阿薛被嚇壞了，他拔足狂奔，而且答應以後不會傷害任何一件玩具。

　　巴斯和胡迪成功脫身，但他們沒有時間慶祝。因為今天是安仔搬家的大日子，如果他們不趕緊動身，他們便永遠回不去安仔身邊了！

　　巴斯和胡迪向着安仔的房子跑去，不過那支火箭仍綁在巴斯的背上。他無法穿過圍欄！「快走吧，我會趕上的。」他對胡迪說。

　　胡迪沒打算撇下他的朋友自己離開。不過當胡迪幫巴斯穿過圍欄之後，安仔乘坐的汽車已駛走了！

　　兩個好朋友拚命地在貨車後面追着跑。阿德一邊吠，一邊追在他們身後。巴斯成功爬上了貨車的防撞桿，但那隻兇狠的狗咬住了胡迪的靴子。

　　巴斯勇敢地跳下防撞桿，把那隻狗趕走了，而胡迪則成功攀上了貨車。不過，巴斯卻獨個兒留在馬路上！

胡迪匆匆爬進貨車裏，找到放置玩具的箱子。他利用沖天遙控車的遙控器，讓遙控車回頭接回巴斯。

安仔的其他玩具以為胡迪想連沖天遙控車也趕走。他們憤怒地呼叫着，將胡迪丟出貨車外。

幸好沖天遙控車和巴斯接住了胡迪。可是，遙控車的電池不足，追不上貨車。

　　「胡迪！用火箭！」巴斯嚷着說。

　　胡迪馬上點燃引線，與巴斯和遙控車一起衝上天空。巴斯把遙控車拋進貨車裏，然後展開雙翼，甩脫了那支火箭。

　　「巴斯，你在飛行！」胡迪興奮地叫道。

　　「這不是飛行。」巴斯回答說，「這是花式降落！」

　　數秒之後，他們穿過安仔乘坐的汽車天窗輕輕着陸。胡迪和巴斯回到了他們的家。雖然他們的冒險之旅已經結束，但他們的友情才剛剛開始呢。

　　所有玩具都在新的房子裏安頓好了。轉眼間，來到了聖誕節。那代表又有新玩具出現了。

　　當所有玩具都聽着安仔拆禮物的聲音時，胡迪問巴斯：「你一點也不擔心，對嗎？」

　　「你擔心嗎？」巴斯回答說。

　　「唏！巴斯。安仔還有什麼禮物比你更糟糕呢？」胡迪取笑他。

　　這對好朋友聽着安仔打開他的第一份禮物。汪汪！汪汪！巴斯和胡迪的眼睛睜得大大的，因為他們聽到一把既熟悉又叫人害怕的聲音。今年安仔的禮物是一隻小狗呢！

蟲蟲特工隊

螞蟻王國是一個寧靜和平的地方。這一天，生活在這王國的螞蟻正在勤奮地工作，因為他們每年向蚱蜢進貢穀物的日子快到了，螞蟻們必須確保他們有足夠的糧食應付！

今年是雅婷公主第一次負責進貢食物，她緊張極了。

「雅婷，放鬆點。不會有問題的。」蟻后說，「每一年進貢的過程都是一模一樣的。蚱蜢來了，吃飽了，便會走。」

　　王國的其中一隻工蟻名叫菲利，他構思出一種新方法，可以收集更多穀物。他向雅婷公主和她的妹妹小不點公主示範他設計的穀物收割機，不過雅婷公主不同意採用菲利的新發明。

　　「我永遠無法帶來什麼改變。」菲利失望地說。

　　「我也一樣。」小不點說，「我還沒學會飛行呢。」

　　菲利拾起一塊石頭。「假設這是一顆種子。」他對小不點說，「給它時間，它便會長成一棵大樹。給你自己一點時間吧。」

就在這時,螞蟻王國的警鐘響起來。

「蚱蜢來了!」蟻后大叫說。

螞蟻們趕快把最後收集到的穀物拋到進貢石上,然後跑回蟻丘裏。

菲利也把他的收割機放在進貢石上,不過那部機器實在太龐大了,把石上堆積的穀物推散,穀物滾到懸崖邊去。菲利驚恐地看着穀物消失在懸崖的邊緣!

聽着蚱蜢拍動翅膀的嗡嗡聲，菲利馬上躲進蟻丘。不一會，一羣蚱蜢便衝破了防線，從天上闖進來了！

蚱蜢的首領谷巴一把抓起小不點，警告着說：「我要馬上得到穀物！否則我不擔保這隻螞蟻的安全。」

「放開她！」菲利一邊高聲叫道，一邊勇敢地挺身而出。

谷巴瞪着眼望着菲利，放下了小不點。谷巴要求在最後一片葉子落下前，收到雙倍分量的穀物……否則螞蟻們要後果自負。

「雙倍分量的穀物！我們如何能夠收集到這麼多的食物呢？」
螞蟻們都非常惶恐。這時，菲利想出了一個主意。

「我們可以找些更強壯的蟲蟲來幫忙。」菲利說，「我現在就
去城市尋找幫得上忙的蟲蟲！」

這正合螞蟻議會的心意，因為螞蟻們都希望在大家收集穀物之
時，菲利可以遠離王國，以免惹來麻煩，於是便同意讓菲利出門。
所有螞蟻都不認為菲利的計劃能派上用場，只有小不點對菲利充滿
信心。

菲利出發後，其餘的螞蟻便開始忙碌地收集穀物。過了沒多久，菲利便帶着一整隊大蟲蟲回來了！

菲利以為自己找到了一羣蟲蟲戰士，但事實上這些蟲蟲只是馬戲團的成員，誤會菲利找他們來螞蟻王國表演。菲利發現真相後大為震驚。蟲蟲們想要離開，但菲利懇求他們留下來。他不敢想像螞蟻議會發現他的失誤後會怎樣。

　　突然，一隻鳥向着蟲蟲們直衝過來！牠肚子餓得不得了，正在到處覓食。

　　「快跑！」菲利大叫。

　　所有蟲蟲都拚命逃跑。只有小不點在悠閒地乘着蒲公英在空中穿梭，一點也沒察覺到危機迫近！

　　鳥兒衝向小不點，但牠沒捉到小不點，卻抓住了蒲公英。小不點嘗試拍動翅膀，但她實在沒有經驗，無法飛行。這位小小的公主只能眼睜睜地看着自己快要直墜地面。

　　馬戲團的成員瓢蟲法蘭斯，馬上飛撲去拯救小不點。「我接住你了！」他一邊把小不點抱在懷中，一邊大叫道。

　　菲利和其他蟲蟲趕緊分散鳥兒的注意力，好讓法蘭斯和小不點逃走。小不點脫險後，蟲蟲們便躲進長滿尖刺的灌木叢，靜待鳥兒飛走。當他們步出樹叢時，他們聽到一陣奇怪的巨響。菲利感到難以置信。原來那是掌聲！馬戲團的蟲蟲救了小不點一命，螞蟻們都認為他們是英雄！

「大部分蟲蟲都不敢面對鳥兒。」雅婷公主一臉崇拜地對菲利說，「即使是谷巴也害怕鳥兒呢！」菲利害羞得滿臉通紅。

這時，菲利突然冒起一個念頭。「我們可以製作一隻假鳥，」菲利說，「然後用這隻假鳥把谷巴和他的蚱蜢黨羽嚇走！」

在馬戲團的蟲蟲幫忙下，菲利向螞蟻議會說明他的計劃，議會也立即批准了。所有螞蟻和馬戲團的蟲蟲日以繼夜地利用樹葉和樹枝製成一隻假鳥。

　　第二天，螞蟻王國的警鐘又再響起來了。不過出現的不是蚱蜢，而是馬戲團的團長跳蚤。他正在尋找他的團員。

　　螞蟻們如夢初醒，明白到那些來幫忙的蟲蟲並不是什麼戰士，而是馬戲團的表演者。

　　蟻后和雅婷公主對菲利大發雷霆。「你欺騙了我們！」雅婷公主對菲利說，「我希望你離開。這次離開後，不要回來了。」

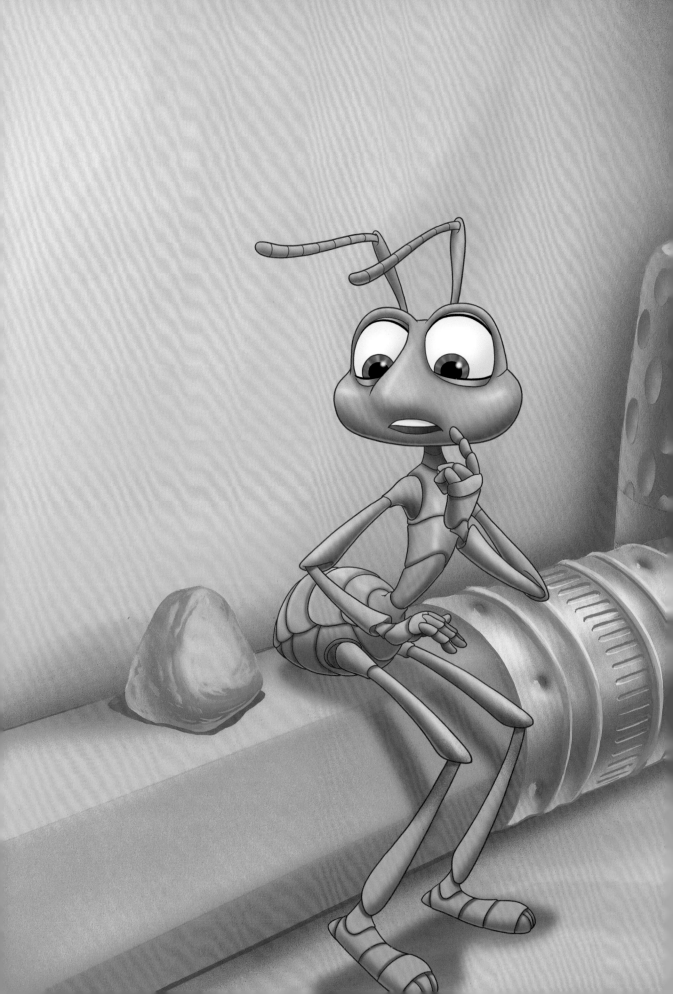

　　菲利離開了螞蟻王國。沒多久，蚱蜢便回來了。「什麼？穀物竟然這麼少！」谷巴憤怒地說，「我說過要雙倍分量！」谷巴一手便捉住了蟻后，他拿蟻后當俘虜，要脅其他螞蟻努力工作。

　　小不點知道菲利和馬戲團的蟲蟲是拯救蟻后的唯一希望，她必須帶他們回來！

　　小不點找到了菲利。她對菲利說：「菲利，請你幫助我們！」

　　可是菲利不認為自己能幫上忙。不過這個小小的公主想到辦法激勵他。小不點向菲利展示一塊石頭，然後說：「假設這是一顆種子……」小不點還沒說完，菲利便有所領悟，笑起來了。

菲利和馬戲團的蟲蟲趕回螞蟻王國。他們爬上螞蟻們用來收藏假鳥的那棵大樹。菲利控制着假鳥，撲向蚱蜢們。蚱蜢們都落荒而逃……直至假鳥撞毀並燃燒起來！

菲利知道小不點很信任他。他勇敢地面對谷巴。那隻蚱蜢緊追着菲利，菲利想到一個計策。他朝着一隻真正的鳥兒飛去，最後谷巴也得到他應有的下場。

那年冬季，螞蟻們收集了大量食物。到春天到來時，馬戲團的蟲蟲決定要繼續旅程。他們邀請菲利同行，但菲利決定留下來，跟螞蟻們一起生活。

歷盡千辛萬苦，菲利終於為自己開創一條道路。從今以後，他就是螞蟻王國的官方發明家，還有小不點這個最好的朋友！

「嘿，胡迪！你準備好出發到牛仔夏令營了嗎？」安仔一邊叫道，一邊衝進自己的睡房。

安仔拿起了他最心愛的兩件玩具——牛仔胡迪和太空戰士巴斯光年。「永遠不要招惹最強二人組胡迪和巴斯光年！」他大叫說，還把兩件玩具的手臂連接起來。

突然，某處發出了布料被撕裂的聲音。原來胡迪的肩膀被扯破了！

安仔的媽媽提議在前往夏令營的路上把胡迪修理好，不過安仔搖搖頭，說：「不用了，就先留下他吧。」

　　數天後，安仔的媽媽打掃安仔的房間。她準備在後花園舉行一次大特賣，想把安仔的一些舊玩具賣走。

　　安仔的媽媽拿起企鵝芝芝，把他帶到後花園去。胡迪大為震驚，他不能讓安仔的媽媽把他的朋友送走！

　　胡迪吹響口哨，呼叫安仔的小狗破壞王。他爬到小狗的背上，一起跑到屋外去拯救企鵝芝芝。

　　胡迪將芝芝綁在破壞王的頸圈上，但肩膀破損的胡迪無法抓牢。他從破壞王的背上掉下來，還被一個奇怪的男人撿走。

這個男人名叫艾爾。他趁無人留意他的時候將胡迪塞進自己的大衣裏，然後跳上他的坐駕開車離開了。巴斯從窗口看到事情發生的經過。他追着那輛汽車，但一切已經太遲了。巴斯只看見車牌和數片在空中飄浮的羽毛，而胡迪已消失在眼前！

巴斯知道他必須救回胡迪。他苦思着如何能夠找出那個偷走牛仔的人。這時,電視正好播出一段宣傳艾爾玩具倉的廣告。電視上的那個男人穿着紅衣,十分刺眼!

巴斯記起那些羽毛和車牌——LZTYBRN,他心想一定是艾爾偷走了胡迪!

沒錯！此時的艾爾已把胡迪帶到他的寓所。當艾爾離開後，胡迪看見一個包裝盒「噗」的一聲爆開，從裏面跳出一個叫翠絲的女牛仔玩偶和一隻叫做紅心的玩具馬。

「咿呵！真的是你！」翠絲叫道。

胡迪一臉迷惘。為什麼這些玩具見到自己會這麼高興呢？

「來！我們要讓他知道自己究竟是誰！」一個叫老警長彼得的玩偶說。

　　紅心開了燈，展示了各種印有胡迪肖像的物件：海報、雜誌、餐盒、碟子，還有玩具。接着翠絲播放了一套古老的電視節目，名叫《胡迪牛仔騷》。胡迪不敢相信自己的眼睛。原來他曾經是個大明星！

　　老警長彼得解釋，《胡迪牛仔騷》系列的玩具已成為極具價值的收藏品。如今艾爾得到一個胡迪玩偶，他便可以把完整的一套玩偶賣給一間在日本的博物館！

巴斯和其他玩具從安仔家中出發，前往拯救他們的朋友胡迪。

在太陽的照耀下，他們發現了艾爾玩具倉，不過它位於繁忙公路的另一邊。

於是，玩具們拿來了交通路錐，他們躲在路錐下一口氣衝過馬路。

　　玩具們來到玩具倉，巴斯發現了一組全新的巴斯光年玩具，他大為震驚，而且每件玩具的包裝設計都非常獨特。

　　巴斯正想伸手取下其中一個包裝盒，突然，一隻手抓住了巴斯的手腕。原來是新版巴斯光年玩具。這個玩具以為巴斯是想逃跑的太空戰士，於是迅速地將巴斯綁在盒子裏，然後放回貨架上。

與此同時，其他玩具發現了艾爾的辦公室。他們偷聽到艾爾打電話時說的話，得知艾爾原來計劃賣掉胡迪！

玩具們爬進艾爾的公事包裹。他們看見新巴斯，便叫新巴斯快點跟上他們。然而他們不知道那個並不是他們的好朋友巴斯。

在另一處，真正的巴斯從包裝盒脫身了。他跟着玩具朋友前進。不過，巴斯並沒發現自己正被邪惡的索克天王跟蹤！

另邊廂，跟翠絲和老警長彼得一起的胡迪，手臂已經修理好了。他看起來就像全新的玩具一樣。他已準備好前往博物館。不過胡迪不想被賣掉。他想回到安仔身邊。

胡迪看見坐在窗邊的翠絲。

「我曾經屬於一個小女孩。」翠絲難過地說，「她每天都會和我一起玩耍，直至有一天，她把我送走了，因為她已經長大，不再需要玩具了。你知道嗎？即使是最好的小孩都會長大，捨棄他們的玩具。」

胡迪也開始擔心安仔會忘記他，暗地在想：也許到博物館是件好事。

就在胡迪和翠絲談天的時候，安仔的玩具已趕到艾爾的寓所。胡迪非常迷惑。因為他面前有兩個巴斯！

「現在沒有時間解釋了。來吧，胡迪，我們走。」真正的巴斯說。不過出乎意料的是，胡迪拒絕了。因為翠絲和老警長彼得需要他，才能組成完整的一套牛仔騷。況且要是他的肩膀又被斯破了怎麼辦？安仔還會要他嗎？

「曾經有一件玩具，他教會我只有當自己受到一個小孩子的喜愛，他的生命才有價值。」巴斯對胡迪說，「我走了這麼遠的路來拯救那件玩具，就是因為我相信他。」

不過胡迪仍然拒絕離開。

就在巴斯和其他玩具轉身離開時，胡迪看着電視上一個笑容燦爛的小男孩正摟着他心愛的玩具。這令他明白到自己有多想念安仔。

「喂，巴斯！等等！」他高聲叫道。他想跟隨他的朋友離開，但老警長彼得阻擋了他的去路。彼得希望一輩子都留在盒子裏，而他已準備好前往博物館。

此時，玩具們聽到一陣腳步聲。是艾爾！艾爾來了！

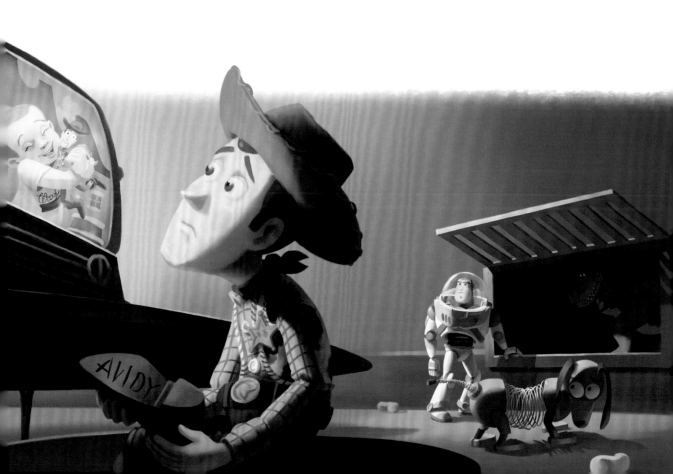

　　艾爾將胡迪和其他牛仔騷玩具放進一個手提箱裏，然後匆匆離開。巴斯和安仔的玩具緊隨其後。不過當他們走向升降機時，他們聽到了一陣邪惡的笑聲。

　　「是索克天王！」抱抱龍倒抽了一口涼氣說。在驚慌失措之下，抱抱龍閉上雙眼轉身逃走。啪咚！他的尾巴一揮，把索克天王擊倒在地上。抱抱龍竟然打敗了索克天王！

　　安仔的玩具打開了升降機的緊急出口。彈弓狗垂下身體去抓住胡迪，但老警長彼得猛力地把胡迪拉回手提箱裏！在爭持之間，升降機的門打開，艾爾匆忙離開，而胡迪仍留在手提箱裏。

　　「艾爾要走了！快想想辦法！」玩具們心裏焦急。此時，薯蛋頭先生發現附近有一輛前往機場的客貨車。玩具們跳到車上，躲在其中一個小箱子裏，出發前往機場去了。

　　玩具們來到機場，在登機櫃位處找到胡迪。就在艾爾快要把手提箱放上行李輸送帶時，玩具們也馬上跳到輸送帶上。

　　數以千計的箱子、袋子和行李箱在巴斯的身邊擦過。不過巴斯的目光一直鎖定在艾爾的綠色手提箱身上。

巴斯沿着輸送帶往前跑，終於來到胡迪身邊。不過當他打開手提箱時，撲出來的卻是老警長彼得。砰！他擊中了巴斯。

巴斯和老警長彼得互相糾纏着。「你這件玩具不要壞我好事！」老警長彼得說。此時，巴斯靈機一觸，他使了一個勁，把老警長彼得綁在一個剛好輸送過來的背包上。

此時，胡迪和玩具馬紅心已成功逃出艾爾的手提箱，只有翠絲仍被困在裏面！於是胡迪跟隨輸送帶上的手提箱登上了飛機。

胡迪不斷在行李之間搜索，直至找到翠絲。糟了！飛機開始起飛，胡迪和翠絲必須下機！他們找到了一個出口，往下爬到飛機的輪子上。此時，巴斯騎着紅心趕到。胡迪拋出繩圈套住了輪子上的一顆螺絲。他抓着翠絲的手，一起跳下，正好落在紅心的背上，平安無事了！

數天後，安仔從牛仔夏令營回家。

當他看見睡牀上多了一些新的牛仔玩具時，開心極了。不過他更高興的是見到胡迪！安仔急不及待要和他心愛的玩具一起玩耍。

終有一天，安仔會長大。也許他不會永遠和玩具一起玩，但是胡迪和巴斯知道，他們沒有其他比這裏更嚮往的地方了。而且，他們成為彼此的好朋友，直到永永遠遠！

怪獸公司

毛毛是個驚嚇專員。他在怪獸公司工作，負責收集人類小孩的尖叫聲。這些尖叫聲非常重要，因為尖叫聲的能量就是怪獸城的能源。

毛毛的工作表現十分出色，他和他的好朋友大眼仔是怪獸公司裏最優秀的驚嚇組合。這讓另一名驚嚇專員變色龍非常嫉妒，他想超越毛毛這一對組合，成為首屈一指的驚嚇專員。

　　大眼仔會為毛毛設定通往人類世界的衣櫃門。毛毛會在一天裏穿過這些門，走進正在睡覺的小孩房間中，拚命驚嚇他們。

　　一天黃昏，大眼仔正準備回家時，被負責整理檔案的書記羅茲要求他呈交每日的工作報告。大眼仔卻忘記了！

　　於是，毛毛提議由他代替大眼仔寫報告。

　　當毛毛回到驚嚇樓層時，他發現有一道衣櫃門仍留在驚嚇站上。他困惑地偷偷望向門的另一面，但沒有發現任何人。

　　就在毛毛準備關上門，返回驚嚇樓層之時，他感到有人拉扯着他的尾巴。

　　「貓貓！」一把聲音興奮地叫道。那是個人類小女孩！

　　毛毛放聲慘叫，因為所有怪獸都知道人類小孩帶有劇毒！他嘗試讓那個小女孩回到自己的房間去，可是小女孩不肯離開。最後，他把小女孩藏在一個袋子裏，然後去找大眼仔幫忙。

另邊廂，大眼仔正和她的女朋友莎莉外出吃晚飯。

毛毛忽然出現在餐廳櫥窗外，一副大事不妙的樣子，他以動作示意大眼仔出來。

毛毛向大眼仔解釋發生了什麼事。就在他們談話時，小女孩從袋子裏逃走出來，在餐廳裏跑來跑去。大眼仔和毛毛陷入大危機！

　　毛毛一手抱起小女孩，和大眼仔匆匆跑回住所去。他們要找出帶小女孩回家的方法，越快越好！大眼仔和毛毛試圖避免觸碰那個小女孩。不過就在大眼仔為了避開她往後退時，不小心絆倒了。小女孩咯咯大笑。房間裏的電燈霎時明亮地閃動起來，笑聲一停，電燈又熄滅了。毛毛發現小孩的笑聲比尖叫聲更有能量！

　　之後，毛毛把小女孩送上睡牀，他告訴大眼仔說：「你可能不相信，但我不認為那個小傢伙是個危險人物！」

第二天早上，大眼仔和毛毛幫小女孩穿上怪獸裝，偽裝成一隻怪獸，然後帶她去上班。他們要帶小女孩回到自己的門那裏！

當他們抵達怪獸公司時，公司裏滿是兒童探測局的探員，他們正在追查小女孩的下落。幸好她的偽裝成功騙過了探員。

當大眼仔去尋找小女孩的門時，小女孩便和毛毛在儲物室一起玩耍。

「Boo！」小女孩一邊說，一邊咯咯笑。毛毛於是稱呼小女孩做「阿布」。

就在這時，大眼仔回來了。不，不只是大眼仔，他身後還有另一隻怪獸！原來是變色龍！大眼仔和毛毛馬上躲進廁格裏，不讓變色龍發現。他們偷聽到變色龍對自己的助手說：「我已經知道那個小女孩的一切，我要將她鏟除。哈哈⋯⋯」

變色龍離開後，大眼仔和毛毛偷偷帶着小女孩來到驚嚇樓層。

「這不是阿布的門！」毛毛說。

「毛毛，你不應該為她取名的。」大眼仔大叫道。不過他們沒有時間爭論下去，因為阿布不見了！

就在大眼仔在走廊搜索小女孩之際，變色龍出現並捉他到暗角處。變色龍要大眼仔帶着阿布到驚嚇樓層。「我自然會安排小女孩的門在那裏等候。」變色龍說。

　　毛毛發現阿布正和一些小怪獸一起玩耍。沒多久,大眼仔趕來和他們會合。他將變色龍的計劃告訴毛毛,然後領着毛毛和小女孩一起前往驚嚇樓層。不過,毛毛心裏並不相信變色龍。

　　來到驚嚇樓層,大眼仔想要驗證小女孩的門是否安全,於是便一步踏進門裏,怎料卻被變色龍捉住了!

變色龍錯捉了大眼仔，但他決定將錯就錯，帶着大眼仔逃跑了。毛毛帶着阿布跟蹤變色龍。他們發現變色龍發明了一種殘忍的新方法來收集人類小孩的尖叫聲，並打算在大眼仔身上測試一下！

毛毛偷偷地救走了大眼仔，然後跑去找他們的老闆荷特路。他們必須把變色龍的陰謀告訴荷特路。

毛毛和大眼仔在訓練室找到荷特路，他們趕快向荷特路說明發生了什麼事情。荷特路承諾會處理好所有事情——不過，原來他與變色龍是同謀。荷特路從毛毛懷裏搶走了阿布，然後將毛毛和大眼仔推向一道門。

毛毛和大眼仔現在被困在喜馬拉雅山！

毛毛知道變色龍將會利用他的新發明對付阿布。他必須去拯救阿布！毛毛和大眼仔趕到最近的村莊，找到一道衣櫃門返回怪獸城。

毛毛趕到變色龍的實驗室時，變色龍剛好準備啟動他的機器。毛毛立即破壞機器，救出阿布。不過他仍然要趕快幫阿布找到自己的門，讓她返回安全的家！

大眼仔、毛毛和阿布爬上了一部負責運送各道門到驚嚇樓層的機器,不過那部機器沒有能源,不能啟動。

「大眼仔,快逗阿布笑起來!」毛毛對大眼仔說。他知道阿布的笑聲有啟動機器的能量。

不好了!變色龍在他們身後窮追不捨!他穿過一道又一道的門追趕着他們。在阿布的幫忙下,大眼仔和毛毛將變色龍困在一個衣櫃裏,並打破了通往衣櫃的門。從此,這個邪惡的驚嚇專員就這樣永遠地消失了。

　　不過阿布還沒安全！荷特路和兒童探測局的人員控制了所有門。他們在驚嚇樓層到處追趕阿布、大眼仔和毛毛。

　　「我會擄走一千個人類小孩，再讓這間公司灰飛煙滅！」荷特路一邊接近阿布，一邊對毛毛說。話剛說完，四周燈光便亮起來了。原來大家正身處廣播室，而大眼仔剛剛將荷特路的話向怪獸城裏的人廣播！

　　現在所有人都知道荷特路計劃拐帶人類的小孩了。他當場被兒童探測局的負責人——那個壞脾氣的書記羅茲拘捕了。原來她的真正身分是一名特工，她一直都在怪獸公司裏當卧底！

　　是時候要讓阿布回家了。毛毛跟隨她到自己的睡房裏，帶她到牀上，替她蓋好被子。他向阿布說了再見，依依不捨地回到怪獸城。羅茲下令兒童探測局破壞掉阿布的門，沒有怪獸可以再去驚嚇她。

從此，驚嚇樓層變成了歡笑樓層，而毛毛成為了怪獸公司的總裁。不過毛毛很想念阿布。

一天，大眼仔給毛毛帶來一個驚喜。原來他悄悄地將阿布的門拼回原狀，現在只差一塊小小的碎片。毛毛小心翼翼地將最後一塊碎片放上去。

接着毛毛打開門，探頭望向裏面。

「阿布？」他輕聲說。

「貓貓！」這兩個好朋友又再重逢了。

海底奇兵

MO 仔是一條細小的小丑魚。他和爸爸馬倫一起在大堡礁生活。MO 仔一直渴望去冒險，不過馬倫總是擔心 MO 仔可能會發生意外。

MO 仔上學的第一天，馬倫帶着 MO 仔到達課室。MO 仔的班主任雷老師向馬倫保證 MO 仔的安全。不過當馬倫發現原來 MO 仔一班將要前往陡峭的懸崖「大斷層」時，他非常擔心。他決定要跟隨 MO 仔一同前往。

在大斷層，MO 仔和他的新朋友進行一項挑戰，看看誰先游到大斷層外，觸摸一艘接載潛水員的小艇。

此時，馬倫現身了。他對 MO 仔說：「你以為你能做得到嗎？你是不會做到的！」

MO 仔想要證明爸爸的想法是錯誤的。於是他游向小艇，用前鰭打了小艇一下。不過當他游回去的時候，一個潛水員在他身後出現了！

　　潛水員抽出一個漁網，一把撈住了 MO 仔。接着，他便帶着那條小小的小丑魚回到快艇上，準備加速離開。可是，他不小心把潛水鏡掉進大海裏。

　　馬倫拚命地追趕着 MO 仔，不過他無論怎樣也追不上快艇。

　　「你有沒有見過一艘快艇？」他問遍每一條願意聽他說話的魚兒。馬倫再往前游時，他遇上一條名叫多莉的魚。「喂，我曾經見過一艘快艇！」她說，「跟我來吧！」馬倫開始跟隨多莉，不過就在他們開始往前游不久，多莉突然飛也似地轉身，然後向馬倫說：「別再跟着我！」

　　馬倫感到一頭霧水。多莉不是剛剛才提議要幫他找出那艘小艇？待了一會兒，多莉又回過神來，她向馬倫解釋，原來她患有短暫性失憶症。

　　馬倫知道多莉是無法幫助他的，因為她很可能已忘記快艇的確實位置。正當馬倫轉身離開時，他看見一條大白鯊！

這條大白鯊名叫布斯。他邀請多莉和馬倫到一艘古老的沉船去參加一個聚會。馬倫肯定那是個陷阱，不過多莉想要參加。多莉是馬倫找到的唯一一條見過快艇的魚，在抱有一絲希望之下，馬倫決定跟着她。

在沉船裏，有兩條名叫安安和阿沈的鯊魚。他們和布斯一起向新來的朋友承諾：「魚兒是朋友，不是食物。」

突然，馬倫發現了那個潛水員的潛水鏡！多莉看見潛水鏡的帶子上好像有一些字，於是她游過去想看清楚，怎料那條帶子卻彈到她的鼻子，她還開始流血。布斯嗅到了血腥味，忍了很久的食慾終究還是被誘發出來，他想要吃掉馬倫和多莉！

在海洋的數里之外，MO 仔發現自己身處牙醫辦公室裏的一個魚缸中。缸中的魚自稱為「魚缸幫」，他們的首領是一條名叫基哥的魚。「魚缸幫」每天藉由觀察牙醫的工作和跟他們的鵜鶘朋友大口祖聊天來打發時間。

MO 仔一心只想回家，無心理會其他事情。不過牙醫另有計劃。他打算將 MO 仔送給他的侄女達麗。

「魚缸幫」警告 MO 仔，達麗的魚兒永遠不能活太久。MO 仔的新朋友不想他受到傷害。他們必須找方法幫 MO 仔逃走！

基哥有一個計劃。他說：「如果我們阻塞了過濾器，牙醫便會將所有魚兒撈出來放到別處去，然後清潔魚缸，那麼我們可以用最大力氣滾出窗外，再掉進港口裏。」

在海洋裏的多莉和馬倫，僥倖逃出了鯊魚口。他們拖着潛水鏡游向一個又深又暗的洞穴。馬倫拚命抓住一條鮟鱇魚的發光觸角，讓多莉研究潛水鏡上的字。

「澳洲悉尼袋鼠大街 42 號，」多莉唸出潛水鏡上的文字。

馬倫知道這肯定是那個潛水員的地址！

於是，馬倫和多莉便出發前往悉尼。突然，多莉撞上了一隻小小的水母。「我要替他取名軟綿綿，他將會屬於我。」她開心地說。

不過，多莉並沒有發現，這裏不止一隻軟綿綿！馬倫和多莉現身處一羣致命的水母當中，被重重包圍！水母不斷地蜇着這對好朋友，令他們感到虛弱又疲倦。當他們抵達開放水域的安全地點時，兩條魚都被蜇得遍體鱗傷了。馬倫緊緊抓住受傷的多莉，自己也逐漸沉進了夢鄉。

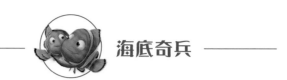

當馬倫醒來的時候，他正躺在一隻海龜的背上。在他們身邊，數以百計的海龜正乘着東澳洋的一股海流前進。多莉和一隻名叫小古的年幼海龜玩捉迷藏，馬倫告訴了海龜他尋找 MO 仔的經歷。

小古將這個故事告訴了一隻龍蝦，龍蝦轉告了一條海豚。不久，馬倫的故事便傳播到悉尼，連大口祖也聽到了。

大口祖趕緊飛到牙醫辦公室。「你的爸爸正拚命地游遍整個海洋，尋找着你。」他對 MO 仔說，「聽說他正要來悉尼！」

「是真的嗎？」MO 仔問。他不敢相信一向怕事的爸爸竟然不顧一切地冒着各種風險來拯救他。

　　MO仔明白到，如果他真的想要回家，他必須勇敢起來。他拾起一顆鵝卵石，然後小心翼翼地將鵝卵石塞進魚缸的過濾器中。這樣魚缸便會變得很骯髒，牙醫便會將魚移出魚缸。

　　不過逃走並不容易。當魚兒早上醒來的時候，發現魚缸已變得非常乾淨。原來牙醫安裝了一個新的過濾器。MO仔的計劃化為烏有了。

　　就在牙醫撈起MO仔，把他裝進一個膠袋裏時，辦公室的門被大力推開。原來是達麗來了。

　　牙醫望一望膠袋，發現MO仔肚子朝天地漂浮着，動也不動！這把MO仔的魚缸朋友們嚇壞了。趁着牙醫一不留神，MO仔便向他的朋友眨眨眼，原來他正在裝死！朋友們都鬆了一口氣。

　　另一邊廂，馬倫和多莉遇上了大口祖。這隻鵜鶘張大了口，把他們含進口裏，然後帶他們來到牙醫的辦公室。

　　就在此時，馬倫看見 MO 仔了無生氣地在膠袋中漂浮着，以為自己的兒子已經死去。在未及了解真相之前，牙醫在不斷驅趕大口祖。「走！走！快點出去。」他大叫，「不要進來！」

大口祖被趕走，他回到海港，將馬倫和多莉放進水裏。馬倫太傷心了，他想獨處，靜靜地游出大海，留下了多莉。

過了一會，MO仔從一條水管游出來。原來他被牙醫沖進到污水渠，然後直沖到大海！MO仔看見多莉正在團團轉。

「你還好嗎？」MO仔說，「我叫MO仔。」

「啊！你就是MO仔！」多莉驚訝地大叫，興高采烈地抱着MO仔。多莉馬上帶着MO仔追趕馬倫。

「爸爸！」MO仔高呼。

馬倫感到難以置信。MO仔原來仍然活着！馬倫開心得難以形容。現在他們真的可以回家了。

數星期後，MO 仔回到自己家中，他又準備上學了。這次馬倫不再擔心、惶恐，因為他明白到兒子已懂得照顧自己了。

MO 仔一邊游，一邊跟爸爸揮手。「再見，爸爸。呀，等等！我差點忘記了！」他游回去，抱抱馬倫。「我愛你，爸爸。」

馬倫笑了。「我也愛你，兒子。」他說，「現在去享受一下冒險吧！」

超人特工隊

在不久以前，有一小羣擁有特殊超能力的英雄。他們被稱為超人特工隊。當中最受歡迎的超級英雄就是超能先生。

超能先生的頭號支持者是一個名叫布仔的男孩。他也想成為超人特工隊的一員，即使他並沒有任何超能力。他發明了火箭靴，好讓他能夠飛起來，並請求超能先生讓他擔任助手。不過超能先生告訴布仔，超人特工隊是天生的英雄，並不是後天炮製的。布仔為此而耿耿於懷。

　　數年後，超能先生和他的妻子彈弓女俠，以柏波和柏海倫的身分嘗試過着普通人的生活，住在市郊。

　　二人育有三名子女——小麗、小衝和小積。他們盡力地生活得像個普通人，但是要掩飾並不容易。

　　彈弓女俠可以伸展成任何形狀；小麗可以產生磁場，而且可以隱形；小衝則可以用過人的速度跑動。暫時只有小積似乎沒有任何超能力。

柏波很懷念拯救市民的日子。有一天，一個名叫夏娃的女人聯絡他。夏娃知道柏波是個超級英雄，想邀請他參與一項任務。柏波知道這是他改變自己的機會。他告訴海倫自己要出差，然後和夏娃一起登上了一架飛機。

柏波和夏娃一起飛往一個秘密小島。夏娃解釋說，政府已無法控制一台名為全能機械人的機器，如今只有寄望柏波能解決。

「當你與這台機器作戰的同時，所花的每分每秒，都會讓它吸收和學懂如何打敗你的知識。」夏娃警告着說。

在超能先生第一次面對全能機械人的時候，他用盡所有力量去對付它。最後，他想出一條妙計，令全能機械人自我毀滅，成功完成任務。

當超能先生回家後，他感覺到自己像脫胎換骨。然後他找來了好朋友 E 夫人，為他設計一套新的超級英雄戰服。

　　過了一陣子，夏娃再次聯絡超能先生。她給超能先生安排了另一項任務。不過當超能先生抵達現場後，卻發現夏娃原來是布仔的手下！那個想成為超能先生助手的男孩已經長大了，他自稱為超勁先生，全能機械人就是他發明的！

　　超勁先生試圖捕捉超能先生，不過被超能先生逃脫了。超能先生躲在一個洞穴裏 ，他發現了閃電俠的遺骸。原來閃電俠跟他一樣，被游說來到小島，跟全能機械人作戰，可惜閃電俠不幸身亡。這令超能先生明白到他必須制止這個暴徒！

　　此時，在家中的海倫開始懷疑柏波隱瞞了什麼，於是她去找 E 夫人問個究竟。

　　E 夫人見到海倫時高興極了。她非常享受為柏波製作新戰服，所以她也為海倫製作了一套。啊！不，她為柏波家每一位成員都製作了新戰服！每一套戰服都裝有自動導向裝置，以便追蹤。

　　海倫穿上了她的超級英雄新戰服，啟動了自動導向裝置。當她架駛着飛機，前往超能先生的所在地時，發現小衝與小麗也靜悄悄地躲到機上，尾隨着她來了。

　　海倫來不及反應，一枚導彈便擊中了他們乘搭的飛機。飛機墜落在大海上。彈弓女俠把自己變成了一艘小艇，而小衝則利用他的超音速，作為小艇的摩打，帶領着大家前往小島。而此時的超能先生正在島上，身陷險境！

　　來到島上，彈弓女俠把小麗和小衝安置在一個洞穴裏後，便去尋找超能先生。

　　突然，一團巨大的火球從洞穴深處噴出來，小麗和小衝拔足狂奔，逃出洞外。原來超勁先生正發射他的全能機械人，目標是柏波一家的城市。

　　這時的超能先生不幸被抓住，他被帶到超勁先生的基地，困在牢房裏，夏娃被超能先生的正直善良和愛護家人之心所感動，打算幫助超能先生。另邊廂海倫已成功潛入基地，當她破門準備拯救丈夫時，看見了夏娃在釋放超能先生。

　　超能先生和彈弓女俠趕緊與小麗和小衝會合。他們一家人合力打敗了超勁先生的一班手下。

　　突然，超勁先生出現了。他利用不動光線令超級英雄們無法動彈，將超能先生一家拿下。接着他便往城市飛去。原來超勁先生打算現身打敗全能機械人，那麼所有人都會認為他是個英雄！

　　小麗利用磁場造成一個防護罩，隔絕了不動光線的力量，掙脫了束縛，並幫助家人脫身。超人特工隊一家偷走了超勁先生的其中一支火箭，直飛到城市。

　　當他們返回城市後，發現全能機械人已在大肆破壞。超勁先生嘗試利用遙控器制止它，但這個機械人已經失控，並把超勁先生打飛了。

　　如今只能靠超人特工隊挽回劣勢。他們每個都是獨當一面的英雄，結成團隊後更是勢不可擋！他們運用結合起來的力量，成功將全能機械人徹底打敗了！

　　市民都熱烈歡呼起來，慶幸超級英雄再次現身拯救他們。

　　不過超勁先生並沒放棄對付超人特工隊。當柏波打開家門，竟發現那個壞蛋正抱住了小積，直飛上天空。意想不到的是，小積變成了一隻小怪獸。超勁先生被嚇壞了，馬上鬆開手。小積扯下了超勁先生的火箭靴，超勁先生頓時失控，直墮地面，永遠消失了。

　　超能先生眼見小積要掉下來了，立刻將彈弓女俠拋上半空，彈弓女俠一手接住了小積，安全回到地面上。

　　城市的危機過去了，超人特工隊回復昔日隱姓埋名的生活。不過，他們覺得沒那麼難適應了。小麗變得更有自信，而小衝利用他的超音速在運動會上助田徑隊爭勝。

　　超人特工隊的生活重回正軌，不過當大家有需要的時候，他們隨時都準備好利用超能力保護這個地球！

反斗車王

　　這是今年最重大的賽車比賽——水殼公司 400 ！勝出者可以獲得州際盃錦標賽殊榮。旗幟一揮，比賽開始。新手賽車閃電王麥坤馬上在賽道上飛馳。他很快便領先，但他犯下了一個嚴重錯誤。麥坤沒有讓他的技師團隊為他更換輪胎，結果當他進入最後一圈時，他的輪胎破裂了。

　　麥坤拖着破裂的輪胎，艱難地衝過終點，不過他不是唯一一輛衝過終點的賽車。他和阿戚，還有車王打成平手！決勝賽將會在一星期後於加州舉行。

　　麥坤和他的助手阿麥出發前往加州。麥坤很快便睡着了。當他醒來時，他發現自己正在一條陌生的公路上，身邊被無數汽車包圍着，而阿麥則不知到哪裏去了！

　　麥坤完全不知所措，只有順着一段坡道駛離公路。突然，他聽見身後響起警號，回頭一看，發現一輛巡邏警車正追趕着他！麥坤立即慌忙逃走，怎料剎車不及，撞穿了一道圍欄，還被電線纏着，懸在半空。

　　「你惹上大麻煩了。」警長說。

　　第二天，麥坤在一個名叫打冷鎮的城鎮裏醒來。拖車哨牙嘜帶麥坤前往交通法庭。這個冷清小鎮的所有居民都來了。原來麥坤在前一晚損毀了鎮上的道路，而所有居民都希望法庭能伸張正義。

　　法官是一輛名叫藍天博士的古舊汽車。當他發現麥坤是輛賽車後，他便下令麥坤離開打冷鎮。不過鎮上的律師──保時捷莎莎反對這個決定。她希望麥坤修補好自己破壞的道路。藍天博士猶豫一下，最終同意了。

麥坤很不情願地修補道路，因為他一心想着要趕到加州參加決賽，而他亦沒有好好完成自己的工作。當藍天博士要求他重做時，麥坤拒絕了。他要趕到加州去！

於是，藍天博士向麥坤挑戰。「我要和你來個比賽。如果你勝出了，你便可以離開。要是我勝出了，你就要按照我的要求修路。」藍天博士說。

麥坤二話不說便同意了，因為他肯定自己能打敗那輛舊車。不過在比賽期間，麥坤在一個左轉的急彎處失控了。他滑出了路面，衝下懸崖，掉進仙人掌叢中。

雖然麥坤不喜歡修路，但是他願意遵守諾言。他開始專心工作，慢慢地，小心翼翼地修路。

第二天，鎮上的汽車醒來時，發現路已被修好了。哨牙嘜正在這段完美無瑕的道路上繞圈，但是不見了麥坤。

　　藍天博士和警長到處尋找麥坤，最後發現麥坤正在一片荒地上練習轉彎的技巧。可是，他不斷在同一個左轉的急彎處失控。

　　「這是泥路。」藍天博士對麥坤說，「如果你拚命地扭向左，你會發現自己的車尾甩向右。」

　　麥坤不明所以，他對着藍天博士大笑起來，心想：「藍天博士對賽車的了解有多少呢？」

翌日早上，當麥坤等候每日例行的電油配給時，他不經意地走進藍天博士的商店。他赫然發現貨架上有一個州際盃！不，還有另外兩個！麥坤感到難以置信。原來藍天博士就是「風火輪藍天」——賽車界的傳奇！

午後，麥坤遇上了莎莎。「來，我們去兜兜風。」她提議說。

莎莎帶麥坤去參觀滾得好酒店。那是她在鎮上最喜歡的地方。莎莎解釋說：「打冷鎮曾是一個熱鬧繁榮的小鎮。」莎莎露出一點失落神色。「不過自從州際公路建成後，這裏便逐漸變得冷清。」原來所有汽車前往其他地方時，都會直接使用高速公路，繞過位於公路旁的打冷鎮。

麥坤和莎莎分別後，來到他之前訓練的泥地。他看見藍天博士正在那條鋪滿泥濘的賽道上飛馳，技術超卓！

「真厲害！你的技術出神入化！」麥坤對藍天博士說。不過藍天博士馬上加速離開了。

麥坤緊隨着藍天博士，來到他的辦公室。麥坤終於按捺不住，問道：「像你這樣出色的賽車，為什麼會在比賽生涯的最高峯退下來呢？」

藍天博士向麥坤展示一張剪報，那是關於他曾經遭遇過的一場車禍。「那時我被修理好後，立刻希望能重回賽車場。」藍天博士憶述，「不過，我已被取代了——被像你一樣年輕的賽車取代了。」

　　第二天早上，麥坤終於修補完所有道路了。他可以重獲自由。在此之前，他要為自己作好最佳準備。麥坤打算到訪小鎮上的每一間商店。首先，他到輝哥的有機燃油店替自己加滿油，然後到沙展的零件店試用夜視鏡，再在阿麗古董店挑選了一張防撞桿貼紙。接着，從阿佳與勞佬那裏購買了新輪胎。最後，在雷蒙的紋身店裏重新粉刷車身。

　　一切準備就緒，麥坤是時候前往加州了。

　　數天後，在加州一個人山人海的賽車場上，旗幟一揮，州際盃的決勝賽開始了！不過麥坤無法集中精神，因為他不斷想起打冷鎮的朋友。不知為何，現在勝利對他來說已不再那麼重要了。

　　突然，藍天博士的聲音從無線電通話器中傳來。「我長途跋涉
來到這裏，可不是為了看着你退出的！」

　　麥坤抬頭，看見所有來自打冷鎮的朋友，他們都來為他打氣。
而藍天博士正坐在團長的位置上！

　　「除非你的駕駛技術跟你的修路工夫一樣好，否則你要睜大雙
眼，好好地比賽，才能勝出。」藍天博士在激勵麥坤說。

　　麥坤出盡全力啟動引擎，重新回到比賽場上！

麥坤繞着賽路狂飆。他現在雖然已經落後，但他知道自己能迎頭趕上的。此時，阿戚試圖以一些骯髒的把戲阻止麥坤前進，不過麥坤記起了他的朋友教會他的事情。於是他先向後駛，然後使勁地扭向右，使車身向左飄移。麥坤成功擺脫了阿戚。

那麼，如果輪胎爆裂了要怎麼辦？如今麥坤有了阿佳這個好拍檔，阿佳更換輪胎的速度無人能及！

　　看，麥坤領先
了！突然，「砰」的
一聲，阿戚為免自己
落後，便將車王猛然
撞向一面牆壁，車王
整輛翻轉了。

　　當麥坤看見車
王破碎的車身，便記
起了藍天博士那次車
禍。

　　麥坤嘎吱一聲
剎停了，在距離終點
只有幾步之前！他知
道車王打算在今次賽
事結束後退休。他不
能讓這個傳奇賽車手
如此黯然地退場。

當阿戚正衝向終點線時，麥坤卻掉頭向着車王駛去。

「小伙子，你在做什麼？」藍天博士透過通話器問麥坤。

「我認為車王應當完成他最後的一場賽事。」麥坤回答說。同時他盡力地將車王推向終點線。

觀眾席上響起了熱烈的歡呼聲。阿戚也許奪得了州際盃，但麥坤才是這次賽事中的英雄！

不久，麥坤返回打冷鎮。他在古老的滾得好酒店外找到莎莎。

「我想我會停下來，留在鎮上一陣子。」他告訴莎莎。

莎莎笑了。接着她轉身向山下加速駛去，而麥坤緊隨其後。看來麥坤已找到一個新的家！

五星級大鼠

在法國鄉郊的深處，一羣老鼠正在覓食，當中有一隻特別的老鼠，專門負責確認他們找到的食物是否可以安心食用。他的名字是味王，他擁有極為敏銳的味覺與嗅覺。

不過味王有更遠大的夢想。他喜歡烹飪，希望成為一個出色的大廚師。他的偶像是一個名為古斯圖的人類廚師。

老鼠們住在一位熱愛烹飪的老婦人家中的閣樓。有一天，味王和他的兄弟肥王偷偷潛入老婦人的廚房裏。雖然他們的父親總是說人類非常危險，不過味王毫不在意。

味王聽見電視上傳來古斯圖的聲音，他趕快跑去收看。難過的是，他得悉古斯圖去世了。

就在味王盯着電視機看得出神的時候，老婦人醒過來了。她看見兩隻老鼠，嚇得大叫起來。味王和肥王立即落荒而逃。肥王嘗試躲在吊燈上，但老婦人用她的傘子猛戳肥王。

突然，房子的天花板裂開，整羣老鼠全部掉在地上！老婦人差點兒暈了過去。

當其他老鼠倉皇逃走時，味王卻返回廚房。他要帶着心愛的古斯圖食譜離開！不過為了拿回食譜，味王錯過登上救生艇的機會。這隻老鼠被遺留下來了。

味王將食譜丟到水面上，然後跳上去。經過數小時的漂浮，他找到一個可以靠岸的地方。

味王望一望食譜，發現食譜上的古斯圖彷彿在他的眼前活過來，並跟他說話。「站起來吧，小老鼠！」這位廚師說，「看看你的四周，如果你只着眼於背後的事情，你便永遠無法看見前面有些什麼。」

受到古斯圖的提醒，味王匆匆跑到屋頂。他簡直不敢相信，原來他竟然身處巴黎！更意想不到的是，古斯圖餐廳就在不遠處！

　　味王趕緊前往餐廳，從窗外偷偷張望。他看見一個名叫闊條麵的年輕人走進餐廳的廚房。他帶着一封媽媽寫的信，請求獲得一份工作。他將信件交給負責管理廚房的刻薄廚師黑麵。

　　「我們嚴重人手不足，已經同意僱用他了。」另一名廚師說。

　　黑麵憤怒極了，不過他別無選擇，只好僱用闊條麵成為廚房裏的新雜工。

味王繼續觀望，發現闊條麵意外打翻了一窩湯。這個年輕人正在偷偷往湯鍋加材料，試圖彌補他的失誤。味王看在眼裏，十分震驚地說：「他正在毀掉那鍋湯！」

味王深呼吸了一下，然後從窗口跳進廚房。這是他的大好機會！味王趁着沒有人注意之際，開始將細心挑選過的材料拋進湯鍋裏。突然，他看見一張巨大的臉正盯着他。原來是闊條麵，而黑麵就在他身後。闊條麵趕快將味王藏進一個濾盆下面。

「你竟敢在我的廚房裏煮食！」黑麵叫道。

這位廚師忙於向着闊條麵大吼大叫，沒有看見一名侍應已經將湯送上給客人了。那碗湯被一名食評家喝掉，而他對湯大為讚賞。黑麵沒法子，只好聘請這個小伙子。他滿腔怒氣地指派歌麗負責在廚房裏監督闊條麵。

闊條麵憂心忡忡。他深知自己根本不會烹飪，難過得開始對着那隻小老鼠吐苦水。出乎意料的是，味王明白他說的是什麼。

「等等。你懂得做菜，對吧？」這個男孩問。味王點點頭。

闊條麵和味王達成一個協議。味王會幫助闊條麵烹製菜餚，而闊條麵會確保味王安全無虞。

　　回到闊條麵的寓所後，這對拍檔馬上行動。闊條麵蒙起雙眼，然後味王爬到闊條麵頭上。

　　味王發現原來拉扯着闊條麵的頭髮，便可以控制這個男孩。於是味王控制闊條麵走向不同的材料、湯鍋、煎鍋和其他廚具，然後闊條麵便忙着切菜、攪拌和加入材料！

　　第二天，當闊條麵和歌麗一起工作時，黑麵終於看了闊條麵媽媽的信。

　　信中說，古斯圖就是闊條麵的爸爸，換言之，這間餐廳其實屬闊條麵所有！

　　黑麵明白到他必須做點什麼，確保闊條麵永遠不會知道這個真相。

不過這個秘密並沒有
守得太久。

一天晚上，味王發現
了那份證明闊條麵是餐廳
合法老闆的文件。

此時，黑麵出現了。
味王立即抓起信件逃跑。

黑麵無法抓住那隻
老鼠，只好返回古斯圖餐
廳。闊條麵和歌麗正在黑
麵的辦公室裏。味王已經
將文件交給闊條麵，而黑
麵當場被解僱了。

　　在味王的幫助下，闊條麵成為了一位巨星。在數星期之間，餐廳變得越來越受歡迎。

　　不過此後闊條麵不再專心烹飪，他比較喜歡享受被人愛戴的滋味。

　　有一天，當闊條麵正在舉行一場記者會的途中，著名的食評家梵高森先生到場了。

　　「我明天會帶着極高的期望，再次來到這間餐廳。」他給闊條麵一個預警。

在梵高森公開宣言後，闊條麵和味王回到廚房裏。味王怒火中燒，猛扯闊條麵的頭髮。

闊條麵帶着味王到後巷去。「你在做什麼！我不是你的扯線木偶！」他高聲說。

黑麵正躲在附近，他剛好看到這一幕。「原來如此！」黑麵喃喃地道。看來他想到了向闊條麵報復的方法。

味王終於找到他的家人。由於對闊條麵的怒氣未消，味王便任由整羣老鼠走進雪櫃。他告訴家人可以隨意拿取想要的食物。

當闊條麵返回餐廳，打算向味王道歉時，他發現了那羣老鼠。

「你們正在偷走我的食材？」闊條麵憤怒地質問味王，「你怎麼能這樣做？我曾經以為你是我的好朋友，我很信任你！」闊條麵把味王趕出去，請他永遠不要回來。

味王難受極了。不過他知道闊條麵需要他幫忙，令食評家感到滿意。

第二天晚上，味王回到闊條麵的廚房，打算向他道歉。不料卻給廚房裏的廚師們看見，他們都非常不高興，各自拿起鍋子、鑊鏟、麵粉棒等，追打味王。

「別碰他。」闊條麵大叫說，「事實上我毫無廚藝天分。是這隻老鼠，他教了我各種烹調技巧。他才是真正的廚師。」

　　廚師們都非常生氣。他們拒絕和一隻老鼠一起工作。不過味王的爸爸看見這個人類竟維護他的兒子。他知道自己需要做什麼。他找來餘下的鼠羣，協助味王下廚。眨眼間，味王和其他老鼠便準備好美妙的大餐。

　　梵高森抵達餐廳後，闊條麪便為他送上味王特製的餐點：普羅旺斯雜燴。

　　美味的食物喚醒了梵高森童年時的溫馨回憶。這位食評家要求與主廚見見面。

　　闊條麪等待其他顧客離開餐廳後，才將味王帶到梵高森面前。梵高森雖然感到驚訝，但第二天早上，梵高森給了餐廳一個五星評價。

　　可是，衞生督察揭發古斯圖餐廳竟是由老鼠掌廚，於是下令將餐廳關閉。不過這對味王與他的朋友來說不全然是壞事。

　　梵高森後來退休了，投資開辦一間名叫 La Ratatouille 的小餐館，闊條麵幫忙打理。這間餐館深受大大小小的顧客喜愛。

　　味王呢？他終於成為了一個真正的大廚，享受着在這間小餐館工作呢！